MARFORE

Tirage à 70 exemplaires numérotés :

60 papier vergé;
6 grand papier de Hollande;
4 papier de Chine.

———

N° 

Bruxelles, typ. de E. Veissenbruch, imp. du Roi.

LE
MARFORE

DE

GABRIEL NAUDÉ

PARISIEN

PARIS

LIBRAIRIE DE L'ACADÉMIE DES BIBLIOPHILES

10, rue de la Bourse, 10

BRUXELLES

LIBRAIRIE EUROPÉENNE DE C. MUQUARDT

Place Royale

—

1868

NOTICE

Cette réimpression est plus qu'une édition
nouvelle : c'est une résurrection. Ce livret, premier ouvrage de la jeunesse de Naudé, est de-
venu si rare, qu'on commençait à douter qu'il
existât.

« Personne ne l'a lu, ni vu », a écrit M. Sainte-
Beuve. M. Charles Labitte l'avait vainement
cherché dans toutes les bibliothèques de Paris.
Enfin Brunet dans son *Manuel* ne fait aucune
mention du *Marfore* ; preuve, non pas qu'il
l'ignorait, mais qu'il ne l'avait jamais rencontré,
son habitude étant de ne parler que des livres

qu'il avait vus et touchés. Le seul témoignage de l'existence réelle de ce livre-fantôme était son inscription en tête du catalogue des ouvrages de Naudé, dressé par le P. Jacob à la suite du *Naudœi tumulus*, et qui se trouve répété à la fin du *Naudœana*.

On a donc quelque raison de considérer comme unique l'exemplaire que nous reproduisons, et qu'un heureux hasard a fait découvrir, il y a quatre ou cinq ans déjà, dans une vente publique à Rotterdam. Bénissons ce hasard, doublement heureux, qui a rendu possesseur de ce volume, *albo corvo rarius*, un amateur intelligent et libéral, supérieur aux étroites manies des bibliotaphes. Grâce à lui, le *Marfore* est assuré de ne plus retomber dans les ténèbres : il a cessé d'être chimérique.

Nous ne nous piquerons pas, à propos de cette mince publication, de refaire l'histoire de la vie et des opinions de Gabriel Naudé. Après les recherches de Ch. Labitte, après le portrait magistral de Sainte-Beuve, Naudé n'a plus rien à réclamer de la critique du dix-neuvième siècle. Quant au livre lui-même, dont le lecteur aura bien vite parcouru les trente et une pages, c'est un ouvrage d'écolier avancé, mais d'écolier; une thèse dont la rhétorique fait tous les frais, et où il n'y a rien à prendre pour l'historien. Le censeur des libellistes ne cite pas même les noms de ceux

qu'il réfute, ni les titres de leurs écrits. La date
de 1620 indique seule qu'il s'agit des libelles
publiés contre le duc de Luynes, au moment de
sa plus grande faveur, et dont les catalogues
de bibliothèques donnent d'assez longues listes.
Les principaux de ces pamphlets ont été réim-
primés en un volume de plus de cinq cents pages
intitulé : *Recueil des pièces les plus curieuses
qui ont été faites pendant le règne du connes-
table M. de Luynes*, avec cette épigraphe : —
« Le seigneur des armées, le Dieu d'Israël dit
cecy : Voicy, je donneray à ce peuple-cy eau de
fiel pour boire, et, pour manger, L'ALUYNE. »
(Jeremie IX, v. 15.) Quelques traducteurs de la
Bible ont donné ce nom d'*aluyne* à l'absinthe.
On juge quel parti les ennemis du connétable
ont pu tirer de ce calembourg. Il se trouve, dans
le recueil que je viens de citer, une pièce en vers
avec ce titre : LES ADMIRABLES PROPRIÉTÉS DE
L'ABSYNTHE, nommée des Espagnols *aluxna*,
des Italiens *assentio*, des Allemands *wermuth*,
des Polonois *fyolin*, des Arabes *assintium;* et
des François l'*herbe de l'aluyne;* etc.

Naudé avait vingt ans quand il publia le *Marfore;* et dans ce premier ouvrage il se montre
déjà tel qu'il fut toute sa vie : partisan de l'autorité et du monarque, non pas en enthousiaste,
mais en sceptique, jaloux de son repos, et en-
nemi avant tout du trouble et de la multitude.

En politique, il en était resté aux idées d'Aristote : la Politique pour lui était un art, l'art de
gouverner les hommes. Cet art, il devait plus
tard en donner les régles, et en dresser la biblio-
graphie.

Pour le moment et à cet âge de vingt ans, sa
colére contre les faiseurs de libelles lui vient
d'un besoin de paix et de protection. Il en veut
aux politiques, qu'il appelle quelque part « ma-
quiavellistes », comme à des brouillons qui se
mêlent de ce qui ne les regarde pas, et qui em-
péchent les honnêtes gens de travailler et de
chercher fortune avec les livres. On n'a, suivant
lui, nul compte à demander au souverain ; on ne
lui doit que l'obéissance. Il est maître absolu
de ses dons, comme Dieu de ses grâces, sans
que personne ait le droit d'en critiquer ni d'en
limiter l'usage. Peut-être entrait-il dans ce zéle
contre les mécontents et séditieux quelque désir
secret de faire sa cour aux grands et de se
pousser en haut lieu. Naudé, on le sait, ne fuyait
pas les patrons, et pour ce premier coup il n'au-
rait pas trop mal réussi, s'il est vrai, comme on
le dit, que c'est sur la lecture du *Marfore*, et en
raison de l'érudition dont il fit preuve dans ce
court ouvrage, que le président de Mesmes le
prit pour son bibliothécaire.

Après tout, cette soif de paix et de loisir se
comprend chez un homme d'étude, à la suite des

longues guerres et des dissensions dont le sou-
venir était encore récent. Cette ère calamiteuse
fermée en 1593 par l'abjuration de Henri IV,
Naudé craint de la voir se rouvrir; et il estime
que mieux vaut pour le paysan payer double
taille et *taillon* (p. 29), que de recommencer à
loger des gens de guerre et à se défendre contre
les pillards. Somme toute, libéralité excessive du
prince, abus d'autorité, déprédations des favoris,
lui semblent moins préjudiciables à l'État qu'une
guerre de trois mois.

Son argumentation, qu'il serre par moments
et divise point par point, comme un prédicateur,
s'échappe le plus souvent et se fourvoie à tra-
vers les citations et les preuves historiques.
Sous ce rapport, à cause de l'abondance et de la
diffusion (non pas confusion) on peut dire que le
Marfore est vraiment l'œuf du *Mascurat*, ce
livre extraordinaire, prodige d'érudition désor-
donnée, où l'on trouve tout, pourvu qu'on n'y
cherche rien. (Qui nous donnera jamais un
sommaire, un index analytique du *Mascurat!*)

Les conclusions de Naudé sont au reste des
plus clémentes. Malgré les exemples qu'il rapporte de châtiments terribles infligés aux murmu-
rateurs et aux rebelles, il ne requiert contre ses
contemporains ni rigueurs, ni supplices. Le
seul rempart qu'il veuille opposer aux assauts
tumultueux de la fureur des libellistes, c'est le

mépris : « Bannissons de nous la curiosité,
laquelle nourrissant ces petits serpenteaux, leur
donne courage de se multiplier tous les jours de
plus en plus... » Une liberté de la presse mitigée
par l'indifférence publique; il est impossible
d'être plus doux.

Nous n'ajouterons que peu de mots, sur la condition de l'exemplaire qui a servi de *copie* pour
cette édition. C'est un petit in-octavo de vingt-
deux pages, très proprement relié en parchemin,
avec décuple garde de papier fort. Il a appar-
tenu à divers amateurs qui ont attesté sur les
feuilles de garde sa rareté et sa valeur. L'un
d'eux déclare que cet exemplaire est à sa con-
naissance le seul qui existe dans le pays (les
Provinces-Unies). Le plus important de ces amateurs paraît être un capitaine Michiels, lequel
certifie le livre collationné et complet, et dont
les armes gravées sont collées au revers de la
couverture : un vaisseau au pavillon hollandais,
en mer, encadré dans un cartouche, avec la de-
vise : *Medio tutissimus ibis*. La gravure est
signée *L. Fruytiers, sculp.*

Il a passé, — je parle du livre — le 30 novem-
bre 1863, à Rotterdam, à la vente de la col-
lection Hoog Van Fraar, et portait le numéro
1250 du catalogue. — Il s'est de nouveau montré
en vente publique, à Bruxelles, le 5 mars 1868.

Le possesseur actuel est un érudit zélé, mais

aimant l'anonyme, auquel on doit plusieurs publications faites, depuis quelques années, à l'étranger, avec beaucoup de soin et de curiosité.

CHARLES ASSELINEAU.

LE MARFORE

OV

DISCOVRS

CONTRE LES LIBELLES.

QUÆ TANTA INSANIA, CIVES?

par G. N. P.

A PARIS

CHEZ LOVYS BOVLENGER, RUE S. IACQUES,

A L'IMAGE S. LOUYS.

M. DC. XX

LE MARFORE

OV

DISCOURS CONTRE LES LIBELLES.

Custodite vos a murmuratione quæ nihil
prodest, et a detractione parcite linguæ.

C'est à bon droit que j'ay tracé les premières lignes de ce discours par les vers
d'Alain Chartier, en sa *Dame sans Mercy* :

> « Male bouche tient bien grand' cœur,
> Chacun à mal dire estudie. »

Puisque contre la nature d'vne populace
laquelle le plus souuent s'abandonne à autant d'opinions que la mer est agitée de
diuerses bourasques et tempestes, chacun
conspire maintenant à coucher la médisance

sur le papier des nouueautez, pour l'am-
praindre plus facillement ès esprits de ceux
qui allechez par ce miel de curiosité ne recognoissent le venin de ces pernicieux effets
qu'au préalable ils ne taxent leur peu de
iugement et mecognoissent leur trop grande
inconstance ; sans toutefois que personne
iusque à present se soit montré pour faire
bouleuart et resistance à ce torrent de cal-
lomnie, ou qui ait eu la hardiesse, s'armant
de la raison, de s'opposer à ceste multitude
de libelles, et à esleuer un phare, lequel
conduisant au port de la verité, dissipât les
tenebres de l'ingnorance, soubs la faueur
desquelles ces escrips medisans croians sca-
uoir : « Id quod in aurem rex reginæ
dixerit, quod Iuno fabulata est cum Ioue ; »
et pour le faire court : « Quid toto fiat in
orbe, » volent et desrobent la bonne renommée de leur Prince, aigrissent les esprits de
ses peuples contre luy, & taschent par ces
pommes de discorde de les preparer à une
gigantomachie et rebellion manifeste, ou
comme ces hommes de Cadmus, à se ruiner
eux mesmes par tumultes & séditions ; c'est

Plaut.
In Trinum. I, 2,
318.

Iuuenal.
Saty. VI, 402.

pourquoy, lassé de dire auec le poëte saty-
rique :

> « Semper ego auditor tantum, nunquam ne reponam,
> Vexatus toties rabiosæ murmure linguæ * ; »

Ivvenal.
Saty. I.

Je romperay mon silence, et pour n'estre
veu asymbolos & sans dicton parmi ceste
multitude d'escriuains, ou comme disoit
Diogène : « Inter tot operarios cessator »,
courant au plus prompt remède qui est la
plume, fidelle messagère de nos conceptions,
ie prepareray vn remede cordial & andidote
pour résister au souffle de ces basilics, lesquels s'accommodant à nos passions comme
le polype et cameleon font aux couleurs,
ou les feus folets au mouvant de nostre
corps, nous conduisent en fin dans des abis-
mes de folles opinions et maximes eronees,
nous faisant succer vne Iliade de malheurs
parmi le laict de la curiosité, imitant en
cela le scorpion, lequel auparauant que pic-
quer ceux qu'il trouue endormis, semble
par ses embrassements les vouloir caresser.

Mordebit ut
coluber, et
sicut regulus
venena
diffundet.
Prov. xxiij. 32.

Venena non
dantur nisi
melle circum-
lita, et vitia
non decipiunt
nisi sub specie
virtutum.

* Naudé donne, pour sa thèse, une variante au second
de ces vers, dont le texte est :

> « Vexatus toties rauci Theseide Codri. »

ou plutost au crocodile qui contrefaisant la voix d'vne personne affligée, fait tomber les passans dans les pieges qu'il leur dresse pour plus facillement les deuorer : estant bien certain & du tout indubitable que ces animaux ne sont plus à craindre et redouter que ces pernicieux cahiers et libelles, desquels le nom seul ayant tousiours esté odieux, fait que l'on les interprete soudain en mauuaise part, & que comme ayant le foin en corne, on se doit donner de garde de leur trop grande familiarité. Le libelle de repude, ancien instrument de la separation de mariage parmi les Iuifs et Romains, comme aussi celuy qui s'appelle d'Herodien *Libellus absolutionis,* que Plautien donna au tribun qui auoit commandement de tuer les empereurs Seuere & Antonin, & que les tyrans avoient coustume de donner aux ministres de leurs cruautez barbares, pouroient seruir de base et fondement à ceste verité, laquelle outre plus est confirmée par le mauuais bruit que se sont acquis *Libellus famosus* en droict, *Libelli sybaritici,* dans Martial, et le nombre infiny de ceux qui courent

aujourd'huy, lesquels n'estans de meilleur
alloy que les precedens, l'on peut appeller
auec Erasme « dentatissimos » , veuque
comme les chiens diogeniques ils n'ont rien
que la dent pour mordre, comme les guespes
l'esguillon , comme les flutes (auxquelles
Demades comparoit les Atheniens) le son,
ou comme les serpens et couleures le sifle-
ment; estans remplis de calomnies, impos-
tures, blasphesmes & meschancetez; mis en
lumière sous tiltres friuols, fincts & suposez;
sans nom de l'autheur ou de la ville, & beaucoup moins de l'imprimeur, de sorte que
nous pourions iustement vsurper la com-
plainte d'Erasme en son traicté de la langue : « Olim periclitabatur qui nomine suo
prodito libellum famosum euulgasset ; nunc
passim ludunt libellis anonymis aut fictos
titulos præferentibus, quibus sic a sese de-
pellunt periculum, ut innoxios aspergent
infamia ; » leur impudence estant paruenuë
iusques là, que comme dit le mesme : « Ipsas
etiam sacras litteras torquent ad maledicen-
tiam, deprauant Euangelium, deprauant
Mariæ canticum, ad virulentiam ac men-

dacem obtrectationem : » ce qui contre-
uient toutesfois à l'honnesteté publique, à
la reuerence que nous deuons à ces sacrés
registres & à l'expresse inhibition & defence
du concile de Trente, lequel, au paragraphe
premier de l'impression des liures, deffend
absolument la publication de tels libelles,
dignes du feu plutost que de la veüe des
hommes, tels que sont aujourd'huy ces
Centons, Colloques, Aduis, Lettres, Echos,
Harangues, Remonstrances, & autres de
ceste sorte, lesquels se tirent de la poche,
ne se donnent qu'entre amis, se vendent en
secret, s'achettent bien cher, ne vallent rien,
& sont encore plus mal faits, comme venant
des mains d'vne populasse rude, ignorante
& mal polie, laquelle se laissant conduire

Nullus liber in posterum excudatur qui non in fronte nomen cognomen et patriam præferat autoris.

Horat. Saty. II, 82.

« Vt neruis alienis mobile lignum, »

est plutost emportée des tourbillons du men-
songe que du doux zéphyre de la vérité, &
des bouillonnantes vagues de la haine & médisance, que du calme souhaitable de la raison & équité. Les passions de laquelle se
recognoissent, comme en vn miroüer, en ces

fruicts abortifs de sa mauuaise volonté, dans lesqueis on ne recognoist que confusion, qu'ironie, que sobriquetz & moquerie ; rien de sérieux, de sage ou de modeste, veu que des trois partyes de modestie remarquées par S. Thomas en sa *Somme*, asçauoir l'ordre, l'ornement & la brieueté, pas vne ne se rencontre en ces remonstrances, mais au contraire rien qu'imprudence, impudence & temerité non-pareille ; puisque les autheurs d'icelles faisant rampart (combien que mal à propos) de cette maxime de Tybère : « In ciuitate libera, liberæ debent esse hominum linguæ, » & se confiant en l'étimologie du mot grec *parrèsia* qui en françois signifie audace et liberté, selon le poëte ancien :

> « Et se Parrisios dixerunt nomine Franci,
>   Quod sonat audaces ; »

ils preignent la hardiesse, comme vn Thersite au sixiesme de l'Yliade, & un Drance en l'vnsiesme de l'Eneide, de censurer leur Prince, reprendre en luy ce qu'ils ne blament en eux, & vouloir regler ses actions aux caprices de leurs volontés ; voulant peut-estre imiter en cela ces censeurs de la Chine,

Vnde modestia exulabit, ibi regnare impetum est necesse. PETRAR. Dial, 31, lib. 2.

GUILLELMUS ARMORICUS. Philippid. lib. 1.

LAIGAUT, l. 1, de l'Hist. chin.

Chap. 3, *l.* 3. de l'Horloge des Princes. ou bien ce païsan du Danube, lequel, selon Gueuare, vint de ce quartier si reculé proposer en plein Sénat ses raisons, & déclarer à l'empereur mesme les abus qui se commetoient par ses officiers en ce pays là. A la verité, si nos brouillons d'escriuains avoient *Intererit multum Dauusne loquatur an heros.* Horat. de Arte poet. 114. la prudence de ces censeurs chinois, qui estoient tous vieillards, rompus & cassés aux affaires, & qui ne donnoient carrière à leurs plumes que pour retenir leur Prince dans les bornes de la nature ou luy donner aduis de choses qui n'estoient de moindre conséquence, ou qu'ils alassent de pair en affection et bonté auec ce paysan qui auertissoit l'empereur & tout le senat de chose auparauant à eux incogneüe, véritablement i'embrasserois leur party, louërois leur zele, & ferois grande estime de leurs vertus; mais voyant tout le contraire s'ensuiure, que leur iugement est troublé, leur langue ambiguë, leur raisons nulles ou mestrisées de leurs passions, & que pour parler avec le poëte, d'vne telle troupe de censeurs à la douzaine :

    « Nusquam recta acies, liuent rubigine dentes,
    Pectora felle virent, lingua est suffusa veneno ; »

veu que par leur babil & audace effrenée, *Dicunt malum bonum et bonum malum, ponentes tenebras lucem et lucem tenebras, ponentes amarum in dulce et dulce in amara.*
il soustiennent le blanc estre noir & rendent
le noir blanc, haussent et baissent qui bon
leur semble, donnent le tort à qui leur
plaist, disent ce qui n'a esté & jamais ne
sera, se pleignent à tort & sans cause, &
pour le faire bref :

« Delphinum siluis appingunt, fluctibus aprum ; »   *Horat de Arte poet. 30.*

je ne puis que ie ne blasme grandement,
voire mesme que ie ne condamne l'impudente
& trop audacieuse liberté de ces libelles,
desquels l'on pourroit dire auec raison
que :

« Centauri in foribus stabulant Scyllæque biformes ;
Disponunt enses, et scuta latentia condunt ; »

puisque, selon l'Escriture : « Verba im-   *Prouerb. 12, cap.*
piorum insidiantur sanguini, » & que leur
dessein ne vise à autre but qu'à mutiner
vne populace, susciter de nouueaux trou-
bles & remumens, brouïler les affaires &
(comme les pescheurs d'anguilles) troubler
l'Estat pour se hausser sur ses ruines, reues-
tir de ses despouïlles, & enrichir par sa pau-
ureté ; ne considerans point le péril qui git
à mettre le feu ès quatre coings de ceste

grande ville, faire briser cest Hippolyte de
la France par leurs monstres de calomnies,
& ietter les flambeaux de sédition dedans
vne matière laquelle n'est que trop subite à
prendre, trop furieuse en ses embrasemens,
et tres dificile à esteindre ; ce que recognois-
sant nostre Caton françois, il n'a voulu ob-
mettre de coucher en ces preceptes ceste
intruction si loüable, pour seruir tousjours
de mémoire à ces seditieux :

<table>
<tr><td>Pybrac.
Quatrain
xcvii.</td><td>« Plus que Scylla c'est ignorer les lettres,
D'auoir induit les peuples à s'armer :
On trouuera, les voulant désarmer,
Que de sublects ils sont devenus maistres. »</td></tr>
</table>

Combien que ce soit à tort et injuste-
ment que tant de plumes entrent en lice
& s'efforcent de redresser à la voye ceux
qui ne sont esgarés, d'induire à repentance
les innocens, et donner conseil à celuy qui
ne le voudroit receuoir d'eux, bien moins
escouter leurs censures, veu que selon le
dire de l'Ecclésiaste : « Nemo potest dicere
principi : Cur ita facis? » & que nous lui
debuons obeir, non pas moins en approuant
ce qu'il luy plaist que en nous rendant

soupples à l'exécution de ses commande-
mens. C'est pourquoy le plus expedient
moyen qui se présente pour les réduire eux-
mesmes à la raison, & leurs esclaircir les
yeux de ces tayes de fausses opinions, est de
leur monstrer le peu de suiect qu'ils ont de
semer tant de calomnies, puisque le principal cahier de leur remonstrance est fondé
sur ce que :

« Vitis in Alpheo : ternos ex ære lebetes
Signatosque vtres, injussi nectaris vnda
Impleuit. »

Et c'est sur ce suicet que nos troisièmes
Catons donnent carrière au torrent de leurs
medisances, coupent le filet de leur silence,
pour faire paroistre le venin de leurs conceptions, & font monstre & parade de leur
sourcilleuse témérité, publiant partout que
les faueurs de Sa Maiesté sont immodérées
enuers ses favoris, que tout se gouuerne par
leur moyen, qu'il tirent toutes les finances à
eux, & qu'ils se rendent trop puissants dans
le royaume, s'esgallant au plus grands de la
cour, & marchent de pair auec eux. Mais ie
leurs demanderois volontiers s'ils ne reco-

gnoissent pas que Sa Maiesté voulant soula-
ger le soing qu'elle prend à la conduite de
ce grand nauire de la France, par le plaisir
et contentement qu'elle reçoit de la commu-
nication familiere de certaines personnes
qu'elle cherit et affectionne particulière-
ment, elle les doibt rendre recommandables
en quelque chose & recompenser de quelques
vnes de ses faueurs, puisque la planette de
Iupiter estant la principalle des trois fortu-
nées, a d'autant plus de force d'envoier ses
influences sur les choses qui luy sympathi-
sent, que plus elle est en ses angles aurien-
taux, & qu'elle a de coustume de rendre les
personnes heureux et fortunés qui se seruent
à propos de son image faicte suiuant les
reigles qu'en donne l'Astrologie, & l'autheur
de la *Philosophie occulte.* Mais estant tres
certain que des trois sortes de biens desquelles les hommes se peuuent vanter, un
seul, sçavoir celuy de la fortune, depend de
la liberalité des hommes, & les deux autres
de ce Iupiter céleste, qui les eslargit à qui
bon lui plaist, nous voyons manifestement
que Sa Maiesté voulant produire les effects

de sa bien-veillance enuers les créatures
qu'elle affectionne, n'a que ce seul moyen
pour les recognoistre et rendre plus dignes
de receuoir les influences de son amitié, qui
est de les aduancer és charges et dignités
qui dependent absolument de sa libéralité ;
laquelle si nous considerons debvoir estre
royalle, comme celle d'vn Alexandre, lequel
donnant vne cité bien grande & peuplée à
vn pauure qui demandoit l'aumosne, disoit
qu'il prenoit plutost garde à ce qu'Alexandre debuoit donner, que à ce que ce pauure
osoit demander. Il est tres certain que les
bien faicts de Sa Maiesté n'outrepassent ces
bornes de la raison, d'autant que sa puissance ne pouuant estre esgallée, ses bien-
faicts ne le doibuent estre aussi ; lesquels
sont comme marque et tesmoignage tres
assuré de l'auctorité absolüe qu'optiennent
les princes et potentatz sur leur subiects ;
suiuant le dire de cest esclaue à l'empereur
ottomand, qu'il n'estimoit vn prince digne
de porter le nom de souuerain, s'il n'estoit
en sa puissance d'abaisser les grands et
hausser les petits, d'espouiller les riches de

Seneca, 2 de Ben.

Busbecquius, in Epistolis.

leurs biens, & enrichir les pauures. Et qu'ont plus à dire les censeurs de maintenant, qui voyent cest esclaue esleué à vne des premières dignités de l'empire, pour confir-mer cette seulle parolle? Le roy Louys XI, dedans Philippe de Commine, estoit en la mesme opinion, disant qu'il passoit le temps à faire & deffaire, hausser & baisser, don-ner & oster à qui bon luy sembloit : ce que les princes semblent auoir par imitation du Souverain Monarque, lequel outre que, pour sa bonté et miséricorde, il est appellé dans le pseaume 122 : « Suscitans à terra inopem & de stercore erigens pauperem, » il a aussi de coustume de punir quelquefois les pechez de ceux qui abusent de ses liberalités, le mettent soudain en oubly, & ne le recognois-sent pour leur père & bien-faicteur, les rabaissant iusques soubs les pieds de ceux sur les throsnes desquels ils les auoit esleués, estant aussi seuere à punir les meschans que prompt à recompenser les bons. Ces choses estant ainsi & cette maxime de la liberté des princes en leurs actions fondée tant sur le discours precedant que sur ceste sentence

deffinitiue d'Alexandre le Grand, rapportée
par Gautier de Chatillon :

« Libera sit Regis et semper salua potestas ; » *Alexandreides.
li. 9.*

quelle merueille est ce si ceste poudre phi-
losophale de la royauté, espanchée sur le
mercure qu'elle affectionne, le rend suscep-
tible de si riches qualités ? Veu que le firma-
ment et toutes les planettes, enuoyant leurs
influences en terre, la recompensent d'une
infinité de belles propriétés, et que tous les
autres princes & monarques ont vsé de
mesme liberalité enuers ceux qui auoient
cet honneur que d'estre l'obiect de leur
bonne grace.

Ie ne m'amuseray point à faire un long
narré et récit de tous les fauoris de ces
roys anciens, seulement diray-ie que si les
créatures de Guillaume, roy d'Aragon, de
ceste royne d'Escoce dont parle Bucanam, *Liu. 17 de
l'Hist. d'Escos.*
de Edouart second, Louys XI, Henry III, *Commines,
Chap. 14, li. 5.*
auec ce pauure Florentin, eussent eu autant
de iugement à conduire leur fortune qu'ils
auoient eu de bon heur à la faire, ils me
seruiroient maintenant de preuue tres cer-

3

taine pour confirmer mon dire & en soustenir la verité. Mais d'autant que leur fortune fut abbatuë par la mesme rouë qui l'auoit esleuée, nous prendons en leur place Ioseph, lequel pour auoir expliqué le songe du roy Pharaon fut faict le second de son royaume; Lentule qui soubs la faueur d'Auguste amassa quatre mille fois sesterces, qui au rapport de Budé valoient dix millions d'escus; Tatius Rufus, lequel estant de basse condition, soubs le temps du mesme, se vit riche de mille fois sesterces, valant deux millions cinq cens mille escus; et pour n'ennuyer le lecteur par ces anciens prodiges de richesse, nous mettrons en auant celuy qui par son industrie menagea si bien sa fortune, soubs Catherine de Medicis, que ses reiettons sont maintenant des plus florissans de ce royaume, & monsieur le duc d'Espernon, pour estre tesmoing suffisant de la liberalité de nos princes enuers leurs fauoris, libéralité laquelle estant le principal ornement d'vne couronne, doibt estre proportionnée à la grandeur de ceux qui l'exercent, comme remarque le

iurisconsulte Chasseneux, en ces mots :
« Vt imperialis fortuna omnes supereminet
alias, ita oportet principales liberalitates
culmen habere præcipuum ; » liberalité de
laquelle Alexandre faisoit tant d'estat, qu'il
donna à Aristote, pour son *Histoire des animaux*, huict cents talens, laquelle somme
reduicte à nostre monnoye, monte quatre
cens quatre-vingt mille escus ; & cet autre
Empereur romain, à vn nommé Tirydate
qu'il auoit faict venir d'Armenie, vingt
mille escus par chascun iour qu'il passa à
la cour, & deux millions cinq cens mille
escus à son départ, liberalité finalement
que nous deuons d'autant plus estimer que
moins elle participe de ces deux extremités
vicieuses, comme est celle que maintenant
Sa Maiesté exerce enuers ses fauoris, laquelle estant beaucoup plus recommandable
que les precedentes, comme venant d'vne
affection nonpareille & d'vn cœur tres pur
& ouuert non seulement à vn mais plusieurs, semble comme singulière & inusitée,
auoir esté preueue au ciel vn peu aupara-
vant qu'elle fust executée en terre, par la

CASSAN. à *Consid.* 5 part. Catal. Glo. mund.

BUDÉ, cité, *liu.* 5.

CARDANUS, in Encom. Neronis.

descouuerte qu'a faict ce sçauant astrolo-
gue de nostre temps, des trois estoilles qui
accompagnent perpetuellement la planette
de Iupiter, estans logés dans sa sphère, &
emportés de son mouuement, comme est
maintenant nostre Gerion François, logé,
& conserué dans la maison de son prince,
laquelle estant inuiolable & sacrée, luy ser-
uira d'asile, d'Ancile, & Palladion, pour
destourner les efforts de ses ennemys, et
de ceste peau de veau marin, soubs laquelle
se mettant à l'abry du tonnere de la medisance, il filera en paix le reste de ses iours,
sans crainte d'estre aterré par ses calom-
niateurs, lesquels, non contents de cest ef-
fort, veulent persuader par leurs discours,
que ne s'estimant satisfaict des liberalités
de son prince, il s'efforce de destourner
l'argent qui deburoit entrer dans ses coffres
& tache par tous moyens de se l'attribuer,
ausquels ie respondrois volontiers auec le
poëte :

« Dat veniam coruis, vexat censura columbas. »

Puisque les esponges de Vespasian ro-
gnent si bien les escus de nostre France

qu'ils ne reviennent à Sa Maiesté qu'au prix
de quatorze solz six deniers, comme le tes-
moigne Bodin en sa *Republique*, c'est pour-   *Lib. 6.*
quoy, ce n'est pas merueille, si refusans de
leurs Estats des cinq cens mille liures, ils
les estiment un million d'or, puisque veri-
tablement ils peuuent estre appellés, « ditis
officinæ », & qu'ils ne peuuent point entrer   *C. A. L.*
en parallele auec ce peu que les fauoris de
Sa Maiesté s'attribuent, lequel est grand, à
la verité, au iugement d'vne populace. Car
tout ainsi que le soleil estant regardé au
trauers d'vne nuë, semble beaucoup plus
grand qu'il n'est, ainsi ces pauures gens ne
cognoissant rien de ces affaires qu'au trauers d'vne nuë espesse de rapports & ouy
dires, il ne se faut esmerueiller s'ils ampli-
fient les choses, veu que la Renommée,
selon Virgile : « Vires acquirit eundo », &
que suyuant l'opinion de Lipse : « Opinio   *Lib. de Const.*
est quæ mala attollit et exagerat, atque   *II, 19.*
cothurnis quibusdam auget. » Mais quoy !
c'est le principal que nous n'auons rien à
craindre du costé de ceste nuée, puisque
comme le rapporte, de Balde, Chasseneux :

Cat. Gl. mundi, par. V, consid. 31.

« Rex Franciæ est tanquam stella matutina in medio nebulæ meridionalis. » C'est pourquoy, cest estoc estant paré, il nous faut repousser les suiuans, sçavoir que c'est vne chose insuportable aux fleurons de ceste couronne de veoir ainsi des nouueaux venus se prevaloir & l'emporter sur eux, et à ce propos, nous ramentoivent l'auctorité trop licentieuse qu'vsurperent anciennement les Maires et Gardes des palais de nos princes, l'exemple d'vn Hugue Capet et autres, et disent qu'il s'en faut surtout donner de garde, ne permettant que l'ombrage de ce gros arbre flétrisse la tige de nos lys florissants. Ie me defenderay donc du premier, assurant qu'il n'en va pas ainsi qu'ils disent, que Messieurs les Princes sçavent assez ce qui est de leur debvoir & ce qui se passe, sans qu'ils ayent affaire de leur conseil & aduis ; que iamais la corneille d'Esope ne l'emportera sur les aigles, les taons sur les mouches à miel, ny les barbeaux sur le rosier. Les estoiles sont tousiours plus stables & lumineuses que la lune, laquelle change tous les mois de face ; tousiours les

traicts de ces excellentes images seront
præférés à ceste Minerue dorée, mais rude
et impolie au demeurant; & quant au second & dernier de leur aduis (lequel s'il
estoit traicté auec vne modestie requise en
cas pareil, ne pourroit estre que tres sainct
& salutaire) ie me serviray de la réponse
d'Alfonse, roy d'Aragon, en cas pareil : *Panorm. Alphonsi regis dictorum ac factorum, lib. 4.*
« Cor regum in manu Dei est », & princi-
palement celuy du nostre, lequel, comme
filz ainé de l'Église, est tant fauorisé de sa
diuine Majesté, que : « Ex omnibus flori- *Esdras, lib. 4, cap. 5, 24.*
bus orbis, eligisti sibi Lilium vnum »;
c'est pourquoy il est à croire qu'elle ne *Dilectus meus descendit in hortum suum... ut pascatur in hortis et lilia colligat. Cant. VI, 1.*
voudroit permettre que ceste fleur qui luy
est si chere vint à estre flétrie par une autre
qu'elle auroit esleué & permise pululer au-
près d'elle, suiuant le dire du sage en ses
prouerbes : « Diuinatio in labiis regis ; in
iudicio non errabit cor eius. » Toutefois *Prov. xvj, 10.*
parce que ces raisons ne seront pas peut estre
receues de nos politiques (pour ne les point
apeller maquiauelistes) il ne sera hors de
propos de montrer par d'autres raisons qu'il
n'y a rien à craindre de ce costé : la pre-

mière desquelles est que nos Roys de maintenant sont tout autres que n'estoient ceux
soubs qui ces Maires ont si bien faict leurs
affaires; plus courageux, plus discrets, de
plus grandes entreprises, plus redoutés,
plus prudens, mieux assistez, & pour le
faire court, plus dignes de commander à
vn monde que ceux là à vne ville, plus ca-
pables de disposer vne armée que les autres
leurs maisons, & d'autant plus cheris de
leurs peuples, qu'au contraire ceux là n'en
estoient pas seulement veus et regardés.
Ces coups de Maires se faisoient du temps
que ces bons Princes, seant en chariots de
ramées, traînés peut estre par des bœufs,
se montroient vne fois ou deux l'année à
leurs peuples, tous rauys de iouyr de leur
présence & les pouuoir enuisager, & du
temps dis-ie que la simplicité estoit la mère
nourice de leurs subiects, & que (comme
durant l'aage d'or) on se seruoit plus de
faux que d'espées, de plumes que de lances,
& de liures que de plastrons; & non pas à
ceste heure que les esprits des hommes sont
au supreme periode de leurs perfections, &

que si les vns sont subtils à cauer des mines,
les autres ne sont pas moins industrieux à
les euenter. Davantage, quiconque faisant
reflexion sur les histoires anciennes, re-
marquera comme en vn instant Tybere se
defaict de Seianus, Seuere de Plaucian, Tacit. lib. 5. Herodian. 1 et 3. Camerarius et alii.
Commode d'vn Cleander, Matthieu Bouel
de Mayon, cet Escossois, de David Riz, &
nostre roy d'vn Florentin ; outre plus qu'vn
fondeur peut faire quand il luy plaist d'vne
belle statuë quelque vase vil & abiect, qu'vn
peintre peut d'vn seul traict d'esponge effa-
cer vne piece sur laquelle il aura trauaillé
six mois, vn iardinier d'vne seulle secousse
arracher l'arbrisseau qu'il aura esté quatre
ou cinq ans à cultiver, & un sculpteur briser d'un seul coup de marteau les testes de
quelque triple Diane ou Cerbère, il pourra
recognoistre que si ces censeurs teméraires
n'ont autre suiect pour farcir les liures, ils
se peuuent bien taire & sacrifier à Harpo-
crate, ou bien à la déesse des Romains An-
gerona, prenant cest aduis pour cadenas-
ser leurs bouches, eux qui se meslent d'en
donner aux autres :

Otho
Melander
in loco seriis.

« Posteriora loqui interdum melius mihi crede,
Quam linguam, dixit rusticus arvicola. »

Aussi bien Demetrius disoit-il plaisamment que quant à ce qui estoit des murmures d'vne populace, il faisoit autant d'estime de ceux qui luy sortoient par en-hault, que des autres qui luy eschappoient par en-bas, ce qui s'accorde auec le iurisconsulte qui dit fort à propos que : « Non attenditur fama quæ a talibus prouenit personis » ; c'est pourquoy, auec Philelphe : « linquens ignari murmura vulgi », ie reprendray le fil de mon discours, & ayant monstré toutes ces calomnies estre mises en auant sans causes legitimes ou valables, ie montreray encor que la fin à laquelle elles sont ordonnées ne peut estre que mauuaise, & pire cent fois que le repos duquel nous jouissons à présent. Car ou leurs libelles & remonstrances ont quelques vertus & efficaces, ou elles n'en ont point ; si elle n'en ont point, quelle folie est-ce à eux de se rompre la ceruelle à chose qui ne leur tourne à prouffit, mais plustost à blasme & vitupere ? N'est-ce pas imiter la folie des Thraces lesquels decochoient leurs

Sat. 10.

flèches contre les nuës, s'il auenoit que par
leur choc ils fissent quelque grondement en
l'air; ou celle de ces sonneurs de poesles &
chauderons, pour rendre la lumière à la
lune naturellement ecclipsée? Mais, n'est-ce
pas se priuer de iugement, & se rendre sem-
blables à ces grenouilles bourbeuses lesquelles ne faisant que coaxer, interrompent le
doux sommeil de la paix par leurs impor-
tunes clameurs, lesquelles sont aussi bien
iettées en vain que celles de nos seditieux,
qui n'ont l'esprit de recognoistre que s'il y
a quelque default en l'Estat, c'est vne playe
de Thelephe qui ne recognoist autre mede-
cin que celuy qui l'a faicte, & que pour l'or-
dinaire les maladies dominées par le soleil
sont de plus longue durée que les autres
lesquelles sont gouuernées par la lune. Que
si leurs libelles ont quelque vertu, ou c'est
immediatement par ceste populace, eschauf-
fée & bouillonnante de courroux, ce que pas
vn historien n'accordera, ou mediatement
par le moyen des princes & seigneurs du
royaume, meuz par leurs beaux discours &
persuasions, ce qui est encore plus absurde

Manilivs I.
219, Seraque in
extremis
quatiuntur
gentibus æra.

Ovid. de Rem.
amor.

Cardanus.
in Thessalum.

& ridicule que le premier, veu que ces brouillons mesme me confesseront que telles personnes ont d'autres occupations que de s'amuser à lire leurs libelles, d'autres espions que ces grands jaseurs, & de plus fidelles conseillers & mieux sensez que ces ceruelles euentées. Mais donnons leur ce dernier moyen, soudain nous ouurons le temple de Ianus, & fols et aueugles Andubates que nous sommes, nous courons comme les Celtes au deuant du malheur qui nous talonne. Y a il creature si denaturée qui n'aimast mieux passer vne trentaine d'années, voire mesme le cours entier de sa vie, soubs les destinées présentes, que d'endurer six sepmaines durant les facheries & incommodités qui suiuent le moindre bruict d'une guerre ou remument? Nous lassons-nous d'estre depositaires de ce precieux tresor de la paix, qu'il y a vingt huict ans que nous possedons, enviés de nos voisins pour vne si longue garde de ce riche depost, vray Palladion de la France et l'Ancille de nostre Estat? Et quoy! brouillons, vrays boutefeux, ne versés vous pas l'huile

Ælianus, lib. 12, de Var. Hist.

sur la breze & l'eau sur le bitume, ne des-
chirés-vous pas la poictrine du patient pour
cognoistre la maladie de ses intestins? Ne
faictes-vous pas faire bruis à ceste grande
nauirre de la France sur la poincte des es-
cueils de sedition, soubs ombre de la vouloir
recalfeutrer? N'estes-vous pas comme ces
empyriques qui par la vehemence de leurs
drogues tuent les malades? Mais plutost ne
ressemblez-vous pas à ces fripons de char-
latans, qui pour faire monstre de la grande
vertu de leurs drogues, les appliquent sur
des personnes qu'ils feignent estre bien malades? Estes-vous si aueuglés des yeux de
l'entendement que ne recognoissiés la mi-
sère du temps, la liberalité de nostre prince,
l'auctorité de ses fauoris, & tous les autres
deffauts que voudrés rechercher en l'Estat,
ne luy estre si preiudiciables qu'vne guerre
de trois mois? Se trouuera-il aucun paysan
si denué d'esprit, qui n'aimast mieux que la
taille fut doublée & le taillon rehaussé, que
de loger des fripons de gouiats une iournée
ou deux? N'est-ce pas vouloir couper le filet
qui soustient ceste espée sur nostre teste,

pour nous vouloir faire perdre la vie, &
comme un autre Samson, chercher nostre
sepulture soubs les ruines que nous aurions
préparées? Mais quoy ! quelle digue pouroit-
on opposer à ces flots boursouflez, ou quelle
muraille pouroit rompre coup aux vents im-
petueux de ces langues effrenées? Marie,
sœur de Moyse, fut frapée de la lèpre pour
auoir murmuré contre luy; Coré, Dathan
& Abiron, pour auoir faict le mesme, furent
englotis & precipités vifs aux enfers; quatorze mille six cens des enfans d'Israel sont
punis pour le mesme péché; Théocrite est
salarié de son brocard contre Antigone par
la perte de sa veuë, & un semblable estourdy
Chinois fut coupé en mille vingt-deux pièces,
sans offenser sa teste, pour auoir medit de
son roy. Ces exemples, à la vérité, pourroient
persuader aux magistrats de reprimer l'audace de ces escriuains par la séuérité des
suplices, le dire commun estant :

« Oderunt peccare mali formidine pœnæ. »

Remede qui pouroit peut estre retrancher
la multitude de ces libelles, mais qui, en

recompensc, les rendroit plus furieux &
sanglants, estant vne maxime indubitable
que en tous cas esquels « furoris excusatio
est insanientium multitudo », la seuerité
est plus pernicieuse & dommageable qu'v-
tile et de quelque amendement. C'est pour-   M. F. in
Octauiano.
quoy, voyant que I. Cæsar & Octauian s'en
mocquoient, Néron estimé si cruel les su-
portoit patiemment, & Philippe de Macé-
doine les recompensoit. I'estime qu'on ne
les peut mieux supprimer qu'en les permettant, extirper qu'en les laissant viure, & du
tout abolir qu'en les mesprisant, ceste opinion estant tres veritable :

« Quod licet ingratum est, quod non licet acrius vrit. »   Ovidivs.

& que parmy ceste multitude :

« Latius excisæ pestis contagia serpunt. »

D'où nous pouuons coniecturer que le plus   *Nitimur in
vetitum
semper,
cupimusque
negata.*
souuerain remede & antidote que l'on puisse
opposer à ce venin, est de bannir de nous
la curiosité, laquelle nourrissant ces petits   *Historien de
nostre temps.*
serpenteaux, leur donne courage de se mul-
tiplier tous les iours de plus en plus, voyant
qu'ils sont bien receus, cheris & caressés,

& mesme recherchés dans leur naissance ;
estant tres certain que quand ces escriuains
recognoistront le peu de compte que l'on
faict de leurs conceptions, ils cesseront de
plus se trauailler à bastir des mensonges,
ces chymeres de medisance qui ne seruent de
rien & sont du tout inutiles, ou qui ensei-
gnent & apportent de beaucoup plus vio-
lans & dangereux remedes que n'est la maladie & affliction du patient. Et alors iouis-
sans du repos & du temps & de la conscience, nous recognoistrons facilement la
deuise faicte du temps des Albigeois par les
vieux Chanterres & Romans estre tres veritable, dedans laquelle vn mareschal tout
poudreux, suant & halenant, vray hyero-
glifique de nos brouillons, battoit vne faux
sur vne enclume, auec ces mots :

> « Ie gagneray, si Ie ne faux,
> Plus qu'à faire droict, forger faux. »

Mais le remord de conscience ou la synde-
rese, vestuë en vieille Fée & allignant vne
regle, disoit d'vn autre costé :

Historien de nostre temps.

> « La droict aura cours et vaudra,
> Et à la fin, le faux faudra. »

Et soubs ceste assurance, me mettant à l'abri de ces calomnies soubs le temple de verité, ie souheteray à ces seditieux vne meilleure intention & plus sain iugement, ou que, suiuant la fortune de Perille, ils soient les premiers enseuelis soubs les cendres des embrasemens qu'ils veulent faire allumer par les regnards boute - feux ès quatre coings de nostre France :

« Curantur magni medicis maioribus ægri :
Plebs vel discipulo viuit contenta Philippi. »

FIN

BIBLIOTHÈQUE NATIONALE

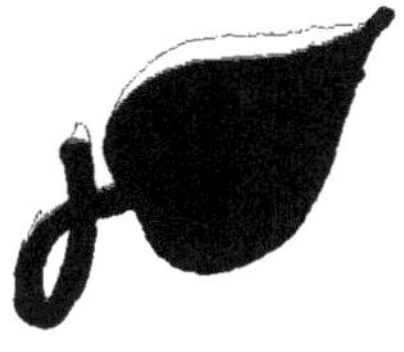

CHÂTEAU
de
SABLÉ

1989

9 782019 301828